Robin Cross

Il bambino e il fucile

MNAMON

Correva ilare nel prato intorno alla sua casa, libero come il vento, giulivo come una rondine di primavera. Era una calda giornata estiva ma, al sole, nonostante la stagione a lui propizia, mancava ancora l'ardore di incenerire il creato, cosicché gli steli d'erba erano rimasti, tutto sommato, sufficientemente morbidi per chi avesse voluto calpestarli, sdraiarcisi, rotolarcisi o scivolarci sopra. Il giardino aveva il suo sistema d'irrigazione, ma il prato attiguo era lasciato all'umore degli elementi.

Tano era un bambino di 10 anni: uno sguardo fiero e accattivante, un bel viso che ispirava subito fiducia e simpatia, con due occhi scuri e intelligenti, attraversati da una vena di tristezza. All'aria aperta si sentiva a suo agio, gli sembrava di volare e, in quel momento, era proprio quello che immaginava di fare a braccia "spiegate" come le ali di un aereo – un Boeing di linea 747 – simulandone con la voce il rombo cupo e potente. Ma gli aerei di solito non inciampano; questo, invece, incespicò in qualcosa che lo fece "precipitare" al suolo pesantemente: il manto erboso attutì l'impatto e il "velivolo" riportò danni trascurabili. Il bambino, riavutosi in un attimo e constatato che la caduta aveva prodotto solo una leggera escoriazione, andò a ritroso nel punto in cui l'imponente Boeing era andato in panne per capire cosa avesse causato il suo ruzzolone. Dal terreno, ma non dagli steli d'erba, fuoriusciva a malapena uno spigolo legnoso: ma non era legno grezzo emerso dal terreno per chissà quale assurda fatalità, ma si trattava – questo si capiva da una prima occhiata – di legno liscio, lavorato... Preso da una più che comprensibile curiosità, cominciò a scavare con le mani, ma il terreno, alquanto compatto, non era disposto a cedere facilmente le armi, soprattutto se a contendere l'oggetto era un moccioso di 10 anni. Tano ricorse, allora, alla cassetta degli attrezzi di suo padre, parcheggiata nel garage attiguo al giardino, e ne estrasse un cacciavite ed un martello.

Suo padre era commissario di Polizia: era stato ucciso cinque anni prima, in un agguato, con due colpi di fucile alla schiena. Colpi che avrebbero fatto stramazzare all'istante chiunque, ma il commissario, dopo essere stato colpito, ebbe la forza di voltarsi verso il suo carnefice, come per elaborarne i connotati in caso avesse potuto testimoniare per la sua imputazione. Ma per l'imputazione del proprio omicidio... non si può più testimoniare!

Era figlio unico, sebbene i genitori non avessero l'intenzione di imporgli una "cavalcata in solitaria" sulle plaghe di questo bizzarro mondo: probabilmente se suo padre non avesse bruciato le tappe della propria esistenza, adesso avrebbe un fratellino o una sorellina con cui giocare e litigare. Di tanto in tanto con sua madre sfogliava un album di foto in cui compariva il "granpapà", come lo chiamava: a volte in atteggiamento affettuoso verso la consorte, a volte in atteggiamenti molto disinvolti, non proprio consoni al grado di commissario, verso il suo amato pargoletto. Sua madre, allora, lo ragguagliava su che tipo d'uomo fosse, sul lavoro che faceva e che lo vedeva impegnato, spesso, fino a tardi; come fosse apprezzato dai colleghi e dai superiori; e che doveva, quindi, essere fiero di aver avuto un papà che tanto affetto gli tributava, devoto alla famiglia e al lavoro. Se poteva, tralasciava di parlare della sua tragica fine; gli assassini non erano ancora stati individuati, tanto meno il corpo del reato.

Con un cacciavite in mano e un martello nell'altra, Tano sembrava un guerriero medievale prossimo ad un corpo a corpo contro chissà quale temibile barbaro. Il martello, in realtà, non gli servì granché. Cominciò a puntellare e scavare col cacciavite tutt'intorno alla porzione di legno sagomato su cui era inciampato, a volte facendo leva sul suo "utensile" che, come una catapulta, lanciava in aria pezzi di terra, per creare così uno spazio alle mani sufficiente per afferrare quel coso e tirarlo finalmente fuori dall'oblio. Ma il duello con madre terra ancora non era finito: questa proprio non ci stava a restituire la salma di non si sa che cosa. La curiosità del ragazzo, tuttavia, era ben più forte della resistenza opposta da quell'arnese la cui identità restava ancora ignota. "Il guerriero" si abbassò sulle gambe, strinse tra le mani il pezzo di legno che fuoriusciva dal terreno e tirò con tutta la forza delle gambe e delle braccia, unendoci anche il peso del corpo che oscillò all'indietro favorendo l'azione di recupero del "relitto" affiorato da regioni remote della sfera terracquea. Il "relitto" non era ancora emerso del tutto e lui si era pressappoco fatto un'idea di che razza di arnese si potesse trattare. Quando, però, riuscì a farne affiorare la parte metallica più emblematica, il grilletto, non ebbe più dubbi: si trattava di un fucile. "Ma cosa ci faceva un fucile sotto il prato di casa sua?", pensò. Avrebbe cercato in seguito le risposte. Ma un dubbio voleva risolverlo subito: si trattava di un'arma vera, da professionisti, o soltanto di un giocattolo? Bisognava farlo emergere del tutto. Prese fiato e abbracciando il calcio dell'arma sfilò dal terreno tutta la porzione di metallo rimanente: la canna, o meglio, le canne e annessi e connessi. "Accipicchia", disse tra sé e sé, "è proprio un fucile!". In effetti il peso e la sagoma, distesa proprio lì sul prato, non lasciavano adito a dubbi. La caparbietà e la curiosità del ragazzo avevano vinto la coriacea resistenza della natura, che pareva reclamare per sé quella spoglia tanto ambita. Tano se ne stava là sdraiato sull'erba, stupito e sudato, a rimirarsi l'archibugio, in piccola parte incrostato di creta e in parte arrugginito ma, tutto sommato, in discrete condizioni. "Avendo due canne non poteva che essere una doppietta", pensò, ma non credeva esistessero fucili con le canne da fuoco una sopra l'altra: le aveva sempre viste affiancate una all'altra. Era la prima volta che vedeva un'arma del genere e non aveva certo l'aria di un giocattolo. Nonostante gl'incutesse timore, ne osservava con cura "le fattezze". Sì, non era un giocattolo: "Con quell'attrezzo ci ammazzano gli animali o... le persone", pensò. A quest'ultimo pensiero rabbrividì, nonostante il caldo umido preconizzato dai meteo locali. Si abbassò sulla parte di terreno asportato per ricondurlo nella viscere di madre terra e ricoprire la buca prodotta dallo scavo: notò un ciuffo bizzarro di plastica, probabilmente di nylon, che a malapena faceva capolino dalla parte più profonda della buca: molto probabilmente la doppietta era stata imbustata prima di essere sotterrata e questo aveva impedito agli elementi di logorarla irreversibilmente. Decise di lasciare la busta là, dove si trovava: per quel giorno aveva scavato abbastanza. Più tardi avrebbe finito il lavoro. Provava un misto di orgoglio, eccitazione e soddisfazione per l'impresa compiuta. Sua madre, avvocato, era impegnata in tribunale e la babysitter era fuori per la spesa giornaliera e altre incombenze. La scuola aveva chiuso i battenti con grande gioia dei discenti, ma anche dei docenti, tre settimane prima. Il momento era quello giusto: cominciò una sorta di danza di guerra intorno al "cimelio" restituito alla luce, con tanto di versi e di movenze. In fondo aveva dissotterrato un'arma... di guerra di tutto rispetto e, come aveva visto fare nei film di cowboy e indiani, questo indicava la fine di una tregua: tutto ciò esigeva un rito. Aveva anche pensato di imbastire un mini falò, ma i tempi erano ristretti e il fumo avrebbe fatto insospettire le "tribù apaches" vicine. Ma nei confronti di chi cessava la tregua? Verso chi avrebbe ostentato i suoi intenti bellicosi? Compiuto il rito, prese il fucile, tenendolo con una certa difficoltà (credeva fosse più leggero vista la facilità con cui sparavano sul piccolo o sul grande schermo) e cominciò con cura a pulirlo e a scrostarlo dalla creta; poi lo sottopose a un lungo lavaggio sotto la fontanella del giardino, lo mise a scolare in piedi appoggiato ad un ulivo e, infine, entrò in garage dove sua madre, con l'aiuto di un tecnico, gli aveva "ricavato" una piccola postazione telematica.

Accese il computer, digitò sul motore di ricerca la parola "fucile" e fu inondato da una marea di nomi di siti web afferenti l'argomento: fucili di tutti i tipi e di tutti i gusti, dal mitragliatore, ai fucili di precisione, fucili a pompa, fucili utilizzati in guerra, rivendite di fucili usati e così via. Cercò di restringere l'area di ricerca digitando "doppietta": anche qui trovò una miscellanea di prodotti e di rivenditori, con le caratteristiche tecniche e balistiche dei vari tipi di arma a due canne e rispettive munizioni, con le relative marche e i relativi prezzi, se inseriti. Giacché c'era imparò i nomi delle parti componenti di un fucile: lo incuriosì la parola calcio, che lui aveva sempre associato al pallone.

Trovò quel che cercava: fucile a canne sovrapposte, calibro 12. Il termine calibro l'aveva sentito perlopiù nei film polizieschi, ma non sapeva bene di cosa si trattasse. Un'altra sbirciatina su internet e il dubbio era risolto. Andò in giardino e controllò se sull'arma c'era un marchio di fabbricazione apposto: era italiano, uno di quelli visitati nel sito web. Sul PC lesse le varie caratteristiche dell'archibugio e ne dedusse che si trattava di un'arma di pregio e anche potente: avrebbe ucciso un grosso cinghiale a più di 100 metri di distanza. Doveva anche esserci un numero di matricola: film polizieschi docent. Si intravedeva appena il punto in cui era collocato: doveva essere stato limato perché non era più leggibile. "Questo significa che il fucile è stato utilizzato per scopi non leciti, sennò non si comprende il motivo per cui è stato cancellato", notò. [In effetti quell'arma vantava un curriculum di tutto rispetto: aveva ucciso un magistrato, due poliziotti, un commissario e persone comuni, commercianti, imprenditori...] Questo lo fece riflettere molto. Parcheggiò quel pensiero inquietante in qualche angolo della sua testolina e pensò di oliare l'arnese, visto lo stato di in cui si trovava, ma non aveva la minima idea di come si facesse. Anche qui si aiutò col web ed ancora si imbatté in una serie di siti in cui si offrivano gratuitamente i più svariati consigli su come rendere efficiente il proprio fucile seguendo alcune regole base e acquistando i prodotti suggeriti. Capì subito che la lubrificazione dello schioppo non era lavoro di sua competenza. Da altre ricerche capì che era un'arma basculante (una new entry nel suo personale vocabolario) e identificò nella leva in cima alla gobba la chiave di apertura della bascula. Lasciato il PC cominciò a maneggiare intorno alla leva finché riuscì ad aprire il fucile, cosicché le canne si abbassarono all'improvviso portandosi a circa 90° rispetto al calcio, puntando inesorabilmente sui suoi piedi. Si irrigidì temendo di venire impallinato per la mossa incauta. Non c'erano cartucce all'interno né comunque era in grado di sparare. Perciò, non partì nessun colpo: i piedi, per ora almeno, erano salvi. Messo così quell'affare sembrava tanto un airone col collo spezzato, notò. Sbirciò nei tubi interni delle canne: c'era ancora del fango anche se si intravedeva della luce dall'altro capo del "tunnel". Andò svelto alla cannella dell'acqua è cominciò ad "innaffiare" l'interno delle due canne. Dopodiché raddrizzo il collo dell'airone e lo pose di nuovo a scolare.

Di tanto in tanto suo padre lo portava con sé sulle rive del fiume poco distante e lì ammirava estasiato il profilo inconfondibile degli aironi che emettevano un suono stridulo specie quando erano in procinto di spiccare il volo. "Segui i tuoi sogni come quell'airone in volo segue d'istinto la sua rotta" gli suggerì. Il figlio lo guardò stupito come avesse ricevuto in custodia qualche segreto impronunciabile. Amava molto suo padre e, anche quando a tavola si pranzava insieme, evento alquanto insolito, ascoltava sempre attentamente le sue parole tenendole bene a mente.

Non si preoccupava per il momento della madre perché sarebbe tornata solo nel pomeriggio, ma Carla, la baby-sitter, era sicuramente sulla via del ritorno e in qualsiasi istante avrebbe potuto fare la sua discreta apparizione sulla soglia della portafinestra che dava sul giardino. Aspettò ancora un buon quarto d'ora che il fucile si asciugasse al sole; poi l'avvolse meticolosamente in un panno che sovente veniva utilizzato come straccio ed infine lo infilò in una grossa busta di nylon che però non poteva avvolgerlo per intero. Una buona parte delle canne, infatti, rimaneva coperta solo dallo straccio. Pensò per un attimo di utilizzare una rivista di moda della mamma, proprio mentre dalla copertina il viso accattivante di una bella ragazza gli ammiccava e sorrideva con una dentizione perfetta; ma non bastò quell'avvenente visione a legittimare l'idea che venne subito scartata. Avrebbe riposto la doppietta così come l'aveva imbalsamata nell'armadietto della cantina adiacente il garage. L'armadietto veniva usato quasi esclusivamente per sistemarci barattoli di vernici, colle, solventi e robe simili ma, per il momento, era "disoccupato". E poi la sistemazione era provvisoria. Avrebbe provveduto in seguito a dar una degna dimora al suo archibugio.

Carla lo colse in flagrante mentre finiva di ricoprire la buca con le mani. Fu facile inventare una balla appena sfornata dalla sua limpida fantasia: "Cercavo di seguire le tracce di una talpa", disse. "Domani andrà meglio!". "Certo signorino, ma ora è tempo di rientrare in casa e lavarsi; il pranzo sarà in tavola tra poco", replicò la tata. Forse anche per l'eccitazione ma anche per lo sforzo intenso e prolungato cui l'aveva sottoposto il Benelli, tranguggiò con gran gusto tutto ciò che veniva messo a portata delle sue fauci. Terminato il lauto banchetto, si ritirò nella sua stanza, al piano superiore della villa: quello riservato alla zona notte. La camera era arredata con gusto anche se in modo un po' spartano, essenziale. Entrando si notava subito l'assenza di un televisore o di una invasiva postazione internet, cose che quasi tutti i ragazzi della sua età avevano, ormai, in dotazione, vuoi per l'asfissiante insistenza verso i genitori che, per sfinimento, soccombevano; vuoi per l'iniziativa degli stessi che spontaneamente si erano consegnati al "nemico"; vuoi perché tali apparecchi con annessa tecnologia costituivano sempre più l'oggetto di regali e presenti donati dai parenti in occasioni importanti o solenni che scandivano lo scorrere dell'età adolescenziale. La stanza di Tano, comunque ampia, aveva un portatile, formato medio, adagiato sulla sua elegante scrivania, collegato con un cavo Ethernet ad un modem acceso.

Si stese sul letto e riposò per un po': lo sforzo sostenuto in quella mattinata in giardino l'aveva spossato. Chiuse gli occhi e si addormentò subito. Il suo sonno fu popolato da strane creature a forma di fucile ed ognuna aveva un timbro di voce differente e ad ogni voce corrispondeva un tipo di detonazione. Tutti scappavano quando arrivava un donnone che aveva il timbro della… mitragliatrice. Poi una carrellata di immagini delle canne lunghe visitate su internet; quello che amava di più era il Whinchester con la leva che si azionava a mano: l'aveva visto in innumerevoli film western e quando l'interprete abbassava e rialzava la leva per caricare l'arma, lui andava letteralmente in delirio. Dormì per circa due ore che lo ristorarono notevolmente. Il primo pensiero fu per il novello "amico" ben nascosto da sguardi indiscreti. Dopo essersi dato una bella sciacquata d'acqua fredda sul viso ("È quella che ti sveglia più che il caffè…", soleva sostenere suo padre), avvisò la tata che sarebbe andato in giardino a giocare. Ma prima andava eseguito un trasloco: il fucile infatti, anche se ben nascosto, così dov'era poteva essere trovato anche per caso; ci voleva dunque un alloggio a "prova di bomba", pensò. Scelse come ricovero l'incavo di un grosso faggio situato sul prato confinante col suo giardino. Prese, dunque, il fagotto dall'armadietto e lo collocò all'interno del tronco parzialmente cavo dell'imponente sempreverde. Entrò per intero nella cavità e lo appoggiò all'inizio per terra, poi a stento notò, a circa mezzo metro d'altezza, uno zoccolo legnoso immerso nell'oscurità: fece una prova e si avvide che l'arnese, vestito così non poteva essere collocato sulla sporgenza; decise allora di "spogliarlo" di quel vestiario approssimativo e sistemarlo all'interno del tronco, così come l'aveva trovato. Era praticamente invisibile anche a chi si fosse intrufolato dentro quella tana selvatica, a meno che non fosse dotato di una torcia. Si sentiva contento di aver trovato un rifugio sicuro al due canne anche perché il tronco coriaceo del faggio lo avrebbe protetto dalle intemperie, soprattutto la pioggia. Ma rischio di pioggia quel giorno proprio non c'era. Il sole estivo adempiva appieno al compito assegnatogli dal Creatore.

Pensò per un attimo che da quando lo aveva estratto dal terreno e per quanto si fosse preso cura di "lui" ancora non ci aveva giocato. Dunque, bisognava colmare la lacuna. Entrò nella cavità dell'albero e, finalmente, provò l'emozione di avere tra le mani un giocattolo che non era affatto un giocattolo e che qualsiasi altro bambino avrebbe voluto possedere. Si accertò che sguardi indiscreti non lo seguissero (gli unici possibili erano quelli della baby-sitter), dopodiché imbracciò il fucile coricato sull'erba e cominciò… il finimondo. Cominciò a sparare all'impazzata, neanche avesse un mitragliatore, contro i nemici più disparati. Un indiano con l'accetta in mano si avvicinava sempre di più, più bardato del cavallo che montava (che esibiva finimenti accuratamente ricercati) reclamando il suo scalpo, e venne inesorabilmente centrato dalla sua mira infallibile facendolo rovinosamente capitolare a terra con un urlo selvaggio carico di dolore e di odio. Più in là Al Capone e i suoi scagnozzi che spargevano terrore a macchia d'olio: era suo dovere fare un po' di pulizia nella Chicago degli anni trenta. E lui con acrobazie, piroette e colpi ben assestati riusciva dove neanche gli inquirenti di quel tempo avevano osato. Ad un tratto cominciò ad avanzare verso di lui un uomo dal volto truce, con una piccola ma visibile cicatrice sotto il mento, di altezza media, i capelli ricci e castani. Quella figura così enigmatica lo inquietò parecchio, ma Tano per ora non ne colse la ragione; come se questa nuova sfida gli fosse stata imposta e non fosse scaturita dalla limpida sorgente della sua fervida fantasia. Gli stava di fronte a 10 metri di distanza guardandolo fisso con sorriso sardonico sulle labbra carnose, senza proferire parola, come volesse intraprendere un duello. L'"ignoto" aveva anch'egli un fucile in braccio con le canne puntate in alto, anch'esse non affiancate ma sovrapposte: dettaglio che gli fece notare come assomigliasse in tutto al suo fidato "amico": nelle canne, nella forma e colore del calcio, la gobba e la chiave della bascula, etc. Lo sconosciuto mentre abbassò l'arma ad altezza d'uomo in direzione di Tano, pronunciò le prime parole: "Ora ti faccio fare la fine di tuo padre... Sapessi quanto gridava e supplicava mentre dava l'anima al diavolo!"; ne seguì una risata odiosa e sprezzante. Gli occhi del ragazzo intanto fissavano attentamente le canne nemiche e appena scorse un movimento del dito preposto a premere il grilletto, si gettò quasi istintivamente dietro il tronco di un pino a lui vicino evitando la bordata uscita dalla bocca di fuoco dell'arma gemella. Il killer aveva ancora un colpo in canna. Tano uscì allo scoperto tuffandosi lateralmente e pericolosamente, forse per accelerare la "pratica" ma quello, non aspettandosi una mossa tanto incauta, fallì ancora la mira. Ora era il suo turno: puntò il fucile, lo guardò negli occhi inespressivi, premette il grilletto e lo centrò in pieno petto con un boato che pareva il ruggito di un leone e che scaraventò lo sconosciuto a circa 7 metri dal punto in cui l'aveva colpito. Una bordata micidiale: non c'era bisogno del colpo di grazia. Terminato il duello si accasciò a terra: si sentiva sfinito ma, nel contempo, contento per aver maneggiato per la prima volta un fantastico fucile. Era contento soprattutto di aver liquidato un po' di teppaglia. Il mondo, ora, era un po' più pulito grazie a lui. Quella tranquilla spensieratezza e quella vaga soddisfazione avevano però i secondi contati. Fu un momento: gli ritornarono in mente così nitide le parole dello "sconosciuto" che percepì una stretta così intensa all'altezza dello stomaco che lo costrinse prima a sedersi, poi a sdraiarsi per terra. La violenza di quelle parole pronunciate in modo così sprezzante era come una lama gelata che penetrava le sue carni ancora innocenti. Se ne stette per un po' lì, steso sul manto erboso, sotto il sole per nulla timido, nonostante l'ora, a smaltire la propria rabbia e cercando di schivare un'incombente malinconia. Rabbia per aver visto l'assassino di suo padre, peraltro ridicolizzato spudoratamente; sollievo per averlo eliminato.

Il dolore che provava era forte e profondo come, anche, forte e profondo l'affetto che lo legava al genitore. Quelle parole continuavano ad echeggiare nella sua mente e, non riuscendo a scrollarsele di dosso, cominciò a piangere inconsolabilmente. Piangere gli fece bene. Ritrovò le forze, prese l'arnese e lo sistemò nel punto ormai a lui noto del tronco cavo. Si sentiva parecchio confuso, non sapeva cosa fare; non avrebbe mai pensato che un gioco innocuo con un fucile potesse finire in quel modo. Peraltro mentre la sua fantasia aveva evocato i personaggi e le scene precedenti, lo sconosciuto era come entrato nel gioco per forza, senza il suo consenso.

Chi era, cosa voleva, perché era irrotto nella sua immaginazione tanto da sembrare reale? Poteva esserci davvero un legame con la morte del padre? "Domande di una mente malata", pensò. Rimise tutte quelle questioni nel proprio "cassetto personale" e non ci pensò più, almeno per il momento. Raccolse le sue idee e rientrò in casa. Accese la TV e si sdraiò sul divano. Lo aspettava una risata beffarda: "È una vita che sognavo questo momento, vuoi vedere di cosa è capace questo gingillo? Con molto piacere, gringo..." gli si presentò sullo schermo un messicano con tanto di sombrero che imbracciava un fucile a canne mozze e stava per staccare la testa dal collo ad un suo ex compagno di scorrerie, reo, forse, di esser fuggito col malloppo di una rapina compiuta insieme ad altri complici. "Mi dovrai implorare, lurida canaglia...".

"Domani 6 luglio 2013 un anticiclone proveniente dal Nord Africa percorrerà la strada del Mediterraneo e scaricherà sulla penisola il suo alito di fuoco: le temperature massime saliranno ancora...". Tano aveva cambiato canale; per quel giorno ne aveva avuto abbastanza di fucili ed ammazzamenti. Per quel che restava del giorno si sentì triste. La tristezza gli era piombata addosso come un corpo estraneo. Un po', pensava, "come quegli ospiti sgraditi che, una volta entrati in casa, non riesci più a mandar via...". Cosicché quando sentì, sul viottolo di casa, l'inconfondibile motore della Mercedes della madre che si avvicinava, non perse tempo ad andarle incontro ad abbracciarla accoratamente: un abbraccio avido in cui voleva cacciare via tutti i fantasmi e le paure che quella giornata gli aveva riservato. Lei avvertì che c'era qualcosa che non andava e sapeva in parte anche cosa... ; conosceva bene suo figlio. Durante lo scampolo di pomeriggio rimasto e per tutta la sera, Marta si godette la compagnia del suo ragazzo, di cui era molto fiera, a volte consolandolo, giocando con lui a scacchi e a scala 40, riuscendo nella difficile impresa di farlo sorridere un po'. Cercò anche di capire il motivo del suo turbamento ma Tano, ovviamente, schivò le domande o fu reticente. Nonostante la stanchezza del lavoro svolto nel suo studio legale – era avvocata penalista - i rapporti talvolta turbolenti con i propri clienti, soprattutto quando c'era la famigerata parcella da pagare, le udienze e le arringhe in Tribunale, le scadenze dei termini processuali sempre in vista e i giudici a volte intrattabili, non aveva abdicato al proprio ruolo di madre. Anche a lei mancava tanto Enrico, suo marito, ma cercava di non darlo a vedere: suo figlio aveva già sofferto abbastanza. Non si era risposata benché non le mancassero i corteggiatori, alcuni dei quali avevano avanzato proposte allettanti, cui lei aveva opposto sempre un netto e irrevocabile rifiuto. Nella sua attività professionale era molto apprezzata da colleghi e magistrati. Ultimamente aveva assunto il patrocinio di un tale accusato di aver ucciso un piccolo commerciante. Si trattava di una denuncia a piede libero sicché le prove a suo carico erano puramente indiziarie. Si era presentato tutto elegante al suo studio legale insieme ad un omino il cui ruolo sarebbe emerso da lì a pochi istanti. L'accusato, Italo Basile, indossava un vestito completamente "dissonante" col personaggio e possedeva un frasario sì e no di 30 parole: ecco dunque spiegata la presenza dell'altro "mezzo" che aveva la funzione di interpretare e riferire all'avvocato quello che veniva riportato dal Basile ed ovviamente l'ufficio di esporre il più correttamente possibile le ragioni esposte dallo stesso.

Sulle prime stette sulla difensiva, congedandoli dopo averli informati che avrebbe preso una decisione in merito entro due giorni. I due andarono salutando in modo eccessivamente ossequioso, terminando con un "Avvocato attendiamo con ansia una vostra risposta". Marta non accettò subito: aveva colto negli occhi dell'imputato un "non so che" che l'aveva messa in apprensione, anche se in realtà era qualcosa di insondabile, di indefinibile, una sensazione che, però, non avrebbe permesso influenzasse più di tanto l'esito della sua decisione, abituata com'era alla sua pragmatica concretezza. Durante il colloquio le era stato prospettato, se avesse assunto l'incarico, il versamento di un lauto anticipo; le spettanze sarebbero poi lievitate a seconda delle prospettive del felice esito del processo. Non sembravano due persone danarose: lui era un proprietario terriero; dell'altro – l'omuncolo – non sapeva un fico secco. Quindi qualche dubbio sulla provenienza dei denari che avrebbero erogato per onorare parcelle simili era più che legittimo. E questo era un fatto, non una banale sensazione. Anche per questo aveva bisogno di pensarci. D'altra parte il denaro che avrebbe guadagnato in tale impresa la condizionava sicuramente visto lo stato di liquidità delle proprie casse. Non che non lavorasse, aveva clienti a sufficienza: solo che ultimamente i clienti da lei difesi non riuscivano sempre ad onorare i propri impegni e, dunque, chiedevano spesso o dilazioni notevoli di pagamento o la rateizzazione delle parcelle: istanza a cui lei difficilmente opponeva un rifiuto. Un bel "malloppo" di euro avrebbe fatto gola a chiunque, lei non esclusa, ed avrebbe rimpinguato le casse della casa. Perciò quando un paio di giorni dopo il telefono squillò e l'omino parlò, lei acconsentì ad assumere l'incarico di difendere in giudizio il Basile.

Il mattino seguente, complice una giornata splendida, con un sole che prometteva di incendiare il creato, dopo che Carla era uscita per le solite commissioni, Tano entrò nel giardino, aprì il cancelletto che lo introduceva nelle vaste praterie dei sogni e si avviò verso la "zona proibita", cioè verso quei pochi metri quadrati di prato in cui "riposava" la sua arma segreta. Di notte aveva sognato fucili di tutti i tipi e dalle forme più bizzarre, in una fantasmagoria di immagini, di colori, di suoni. Fucili a forma di ombrello che sparavano appena li aprivi, a forma di aeroplano, fucili di liquirizia (dolcissimi al palato), col calcio caramellato e le canne di delizioso cioccolato... . Il più esclusivo era una doppietta che da una canna sparava pallottole e dall'altra spandeva fiori a volontà, come avesse una duplice anima: una pacifica e l'altra bellicosa.

Quella mattina non venne a trovarlo nessuno: né Wyatt Earp coi suoi fratelli, né Scarface Al – ma già questi li aveva eliminati il giorno prima – e neanche l'assassino con la cicatrice sul mento; ma, del resto, anche questo aveva sistemato con una bordata micidiale: non l'avrebbe visto mai più. Era appoggiato con le spalle al tronco del grosso faggio. Dopo un po' mentre uno zeffiro leggero, smorzando i calori dell'astro rovente (a dispetto dei meteorologi) gli accarezzava delicatamente i capelli, sentì una vocina, leggera come il vento, che gli solleticava gli orecchi. Sul momento ignorò l'accaduto pensando fosse l'effetto del caldo o della lieve brezza o, addirittura, lo stress del giorno precedente. Ma quando la cosa si ripeté in modo più evidente qualche minuto dopo, "Non devi fartene una colpa, tu non c'entri", così asserì la voce, il bambino sbiancò e rabbrividì dalla paura, si alzò di scatto quasi senza far ricorso ai quadricipiti – un po' come fanno gli aerei VTOL che decollano in verticale senza rullare sulla pista - . Corse a tutta birra fino al cancelletto che sanciva la fine del prato a tutti accessibile e, con un gran fiatone, con gli occhi controllò se nell'area fosse nascosto qualcuno che magari volesse farsi beffe di lui. In effetti non era la prima volta che la mamma invitava qualche suo amichetto senza… "notificarglielo". Ma non era questo il caso, a quanto pareva. Una volta calmato ritornò sul luogo dell'accaduto ma non trovò nessuna traccia visibile che potesse condurlo ad una spiegazione razionale. Possibile che la sua immaginazione gli stesse giocando un brutto scherzo?! Perché la prima volta non aveva inteso nulla, mentre al secondo turno la voce aveva scandito chiaramente le parole tanto che lui le aveva ben registrate nella sua mente?! E poi quali colpe avrebbero dovuto soverchiarlo?! E verso chi?! Si sforzò di trovare una soluzione, avrebbe voluto pronunciare, come

il leggendario Sherlock Holmes, "Elementare Watson...",
ma non sapeva proprio cosa fare e dove mettere le mani:
non era una affare da prendere a cuor leggero, non era
cosa di tutti i giorni e non era da tutti sentire delle voci...
o qualsiasi altra cosa fosse. D'altronde prima o poi sarebbe ritornato all'albero che dava ricovero al suo infallibile
due canne: quel tronco per lui ormai rappresentava un
sacrario e il suo ruotarci intorno, salirci sopra, magari facendo uso di una fune (che fungeva anche da altalena),
e appenderci uno stendardo o un gagliardetto erano riti
che facevano parte di una liturgia... fanciullesca. Anche
quella mattinata gli aveva regalato emozioni a sufficienza:
quindi rientrò in casa dove ad attenderlo trovò sua madre, anch'ella appena rincasata, che aveva lasciato in anticipo lo studio legale con annessi assili e preoccupazioni,
proprio per dedicarsi a suo figlio e alla casa, ormai quasi
completamente alla mercé della governante, ancora fuori
per compiti e faccende. Marta lo trovò stranito ma, soprattutto, sudato: cosa, però, più che fisiologica viste le condizioni atmosferiche. "Hai corso in giardino?", disse. "Sì",
replicò Tano che non essendo abituato a dir bugie, rischiò
di svelare il segreto proseguendo: " Ho corso in giro per il
prato col fu..."; si trattenne a tempo e terminò: "...con un
furto su cui indagare". "Quale furto, Tano?". "Mamma,
lo sai. Noi bambini abbiamo immaginazione da vendere
ed è giusto che la sfruttiamo ora che è il momento, non
credi? Poi diventerò grande come te e... vattelappesca: la
fantasia comincia a far cilecca, a perdere le ali, come dice
una poesia, e si vive di cose aride, di cose... reali come
dite voi grandi...". "Ah, dunque a me la fantasia farebbe
cilecca!?" replicò la madre ridendo e abbracciando teneramente il figlio. "Non è che tutta questa immaginazione
ti sta dando alla testa? Passi troppo tempo da solo. Non
pensi sia il caso di invitare qualche tuo amico o compagno di scuola?". Il ragazzo ancora così eccitato del ritro-
vamento "archeologico" in giardino e per quelle voci che

tanto lo avevano scosso, stampò educatamente un bel no sulla proposta avanzata dall'amabile genitore: "Mah…! È che vorrei… Magari fra qualche giorno. Ora proprio non me la sento". La madre non insistette e quando ritornò la tata si dette da fare in cucina: non era solo un'arida penalista, sapeva ancora cucinare come si deve.

Il giorno seguente Tano accompagnò Carla a fare spese in un supermercato non molto distante da casa. Incontrò una sua compagna di scuola che lo ragguagliò su tutto il programma ludico-vacanziero che lei e i suoi avrebbero seguito quell'estate: Praga, Dolomiti, Sardegna… Con una punta d'invidia congedò l'amica e… finalmente a casa. Non che sua madre gli facesse mancare nulla, ma dalla morte del padre le "uscite" al mare o in montagna si erano drasticamente ridotte. Alla madre, peraltro, non piaceva viaggiare in auto. Di solito era il padre che, in questi casi, prendeva l'iniziativa, contattava e prenotava i luoghi di villeggiatura e faceva i preparativi per il viaggio e la vacanza. Per quella stagione estiva, però, c'era una promessa in corso: sua madre lo avrebbe portato per 15 giorni alle isole Eolie. E lui… non stava nella pelle. Al solo pensarci rischiava di…. lievitare. Dal terrazzo in travertino cui si accedeva dalla porta finestra, con due scalinate che scendevano su lati opposti nel giardino sottostante (ma loro utilizzavano spesso la parola giardino anche per indicare il prato adiacente), diede una sbirciata: il faggio, così solido e imponente, era sempre lì, fedele custode di un "segreto indicibile". "Beh, ci manca solo che gli alberi si mettono a camminare…", pensò. Scese le scale, attraversò il giardino, apri il cancelletto che lo consegnò finalmente al prato, destinazione: "sputafuoco". Si avvicinò con grande cautela e un po' di paura, come un cerbiatto guardingo si avvicina ad un corso d'acqua spinto dalla sete temendo la presenza di qualche predatore. La cavità oscura del tronco lo ingoiò, come quando l'oscurità ignota del mistero ci attira e non ci lascia finché non si sia aperto alla luce e alla conoscenza; ne uscì gagliardo tenendo l'arma in alto impugnandola con la destra, come segno di trionfo ed emettendo grida di giubilo e di vittoria neanche avesse sbaragliato da solo un'intera bellicosa tribù indiana. Aveva vinto il buio, si era misurato col mistero. Esaurito il breve rito, lo depose per terra con cura. Il fucile "fece il primo passo", senza indugiare questa volta, aspettandosi però la reazione del ragazzo. Non sparò, certo, non era in condizioni di farlo, ma... parlò. "Mi dispiace averti spaventato... ieri!". Al che Tano, terrorizzato, scappò via di corsa verso casa, urlando e chiedendo aiuto così forte che la tata uscì di corsa dalla cucina, andandogli incontro. Lo abbracciò e lo strinse forte a sé cercando di calmarlo. Se Tano non era sotto choc poco ci mancava. Era palesemente spaventato ed agitato. "Cosa è successo" fece Carla, "perché hai gridato...? Cosa è successo?". Sapeva che se avesse parlato d'acchitto non sarebbe riuscito ad evitare la verità – e allora sì che lo avrebbero preso per pazzo -. Nello stato di prostrazione in cui versava gli serviva del tempo per inventare qualcosa. "Non so..., ho sentito come delle voci provenire da sottoterra o..." – prudenza! – almeno così mi è parso. Forse il film horror di ieri sera..., non so...! Nella sua semplicità la risposta era geniale: era riuscito a tacere sull'evento che aveva provocato il panico e la fuga conseguente, aveva inventato un'altra causa che aveva determinato tale comportamento e, contemporaneamente, ne forniva la motivazione. Cosicché Carla, ancora costernata, non poté far altro che confermare: "Ha ragione tua madre, certi programmi dovrebbero essere aboliti ed ha ragione anche quando dice che hai un'immaginazione che cavalca come un cavallo imbizzarrito. Ora entra in casa e stenditi; ti preparerò una tisana rilassante". Tano, intanto, ovviamente ancora inquieto, realizzò nella sua mente che quella voce misteriosa, ora senza ombra di dubbio, proveniva dal fucile che, addirittura, si scusava e voleva rassicurarlo sul fatto analogo occorso il giorno precedente. Anche adesso aveva percepito in modo chiaro le parole scandite nitidamente e, probabilmente, quella voce avrebbe continuato a parlare se lui non se la fosse data a gambe. Ma chi non sarebbe scappato davanti a una roba del genere!? Quando mai si era sentito una qualsivoglia arma parlare o borbottare qualcosa!? "Roba da matti!", pensò. Osservò: o qualcuno, per non si sa quale motivo, aveva architettato uno scherzo molto ben congegnato (tutto sommato di cattivo gusto) ai suoi danni; o lui stesso stava per uscir di senno; oppure "certi fucili... parlano", o meglio, quel fucile aveva il dono della parola: dono neanche concesso a tutti gli esseri umani. Mentre pensava col bicchiere di aranciata in mano - aveva rinunciato alla tisana – si ricordò di aver lasciato l'archibugio parlante sdraiato sull'erba, in bella mostra, alla mercé degli occhi lunghi della baby-sitter che, involontariamente, avrebbe potuto posare il suo sguardo telescopico in quella direzione. Ma, per ora, era troppo affaccendata.

Si rinfrancò un po' sul comodo divano-letto del salone e ritrovò nuovo vigore e coraggio per affrontare la realtà. Era combattuto se prendere il fucile e rimetterlo nella buia "rimessa" o se lasciarlo lì dov'era, per qualche altra oretta. Prima o poi, però, il problema andava affrontato. Meglio prima. Trovò il sangue freddo per ritornare sui suoi passi verso quel coso che sembrava uscito da una favola. Aveva visto, non tanto tempo fa, "La bella e la bestia" e lì tutti o quasi tutti gli oggetti parlavano, mostravano una propria personalità. Ma era una favola, accidenti. Può un fucile essere incantato? Avrebbe tanto voluto condividere con qualcuno quel mistero se non altro per farne partecipe della propria frustrazione e delle proprie paure, soprattutto dei propri dubbi. Avrebbe tanto voluto avere una risposta. "Strano", poi pensò, **le parole possono far più paura dei proiettili.** "Ho paura di lui non perchè spara ma perché parla"; è assurdo. "Tutto questo è assurdo", ripeté nella propria mente. "Abbiamo più paura delle parole che dei proiettili!", concluse. Una volta arrivato in prossimità della meta non si sedette come le altre volte, ma rimase in piedi, pronto per una eventuale fuga. Anche se questa volta sperava di avere il fegato di rimanere, in caso fosse successo qualcosa. Quando lo schioppo cercò il dialogo Tano fece uno sforzo sovrumano per non fuggire con i razzi sotto i piedi; sforzo che si stava per tramutare in pianto, che però represse per ascoltare ciò che il Benelli aveva da riferirgli. "Ti ho spaventato di nuovo, ma non era questa la mia intenzione". Pausa. "Per me parlare è una cosa normale, più che naturale. A te constatarlo, pare incredibile. L'importante è che possiamo comunicare; però non scappare via questa volta: tanto non ho cartucce in canna, non posso sparare a nessuno". "Questo lo so...", avrebbe voluto dire, ma era troppo imbarazzato e intimorito allo stesso tempo: non è che tutti i giorni si incontrano fucili che parlano ed anche in corretto italiano! Era rimasto impalato con una posa da centometrista (in caso di fuga precipitosa) lì accanto all'archibugio riesumato, impedito a parlare e a muoversi. Ci fu una lunga pausa di silenzio che il ragazzo a stento ruppe balbettando: "Ma tu parli...!?" era tutto quello che sapeva dire. Dopo un'altra pausa aggiunse: "Posso sentirti solo io o anche gli altri? Hai un...". La doppietta lo interruppe: "Io e te siamo legati più di quanto tu possa immaginare. Solo questo ti dà la possibilità di percepire le mie parole. Nient'altro!". Gaetano (il suo nome di Battesimo) ora più rilassato – era passato da una posa da scattista ad una di militare sull' "Attenti!..." - avrebbe voluto fargli qualche milione di domande ma si limitò a ciò che umanamente è incredibile: "Ma come fa un fucile a parlare, non è possibile!...". "È più sbalorditivo che tu possa ascoltarmi che per me dialogare". Il ragazzino accettò l'idea e si rassegnò al pensiero che a volte i fucili... parlano. Aveva

sentimenti contrapposti: da un lato provava ancora timore dinanzi a un evento che avrebbe fatto rizzare i capelli anche al più fantasioso romanziere o allo scienziato dalle aperture più stravaganti; dall'altro temeva che quell'incanto, che si era appena rivelato, cessasse all'improvviso così come si era manifestato. Il dialogo riprese: "Quando hai cominciato…, insomma… a parlare? Voglio dire… c'è stato un momento…in cui hai cominciato a dire parole? Oppure hai sempre…". Fu interrotto da un "Non ho mai parlato, non me lo sognavo neppure! Da quando mi hai disseppellito da quel tetro cunicolo di creta e da quando mi è apparsa davanti la tua bella faccetta sbigottita, per me è iniziata una nuova esistenza che un povero fucile sotterrato da anni non avrebbe mai, e poi mai, sognato di condurre. Sono stato costruito per sparare, per cacciare…
. Sono un fucile da caccia, come vedi. Adesso è cambiata la prospettiva, voglio dire che il mio nuovo obiettivo…". "Ma come, l'obiettivo non è sempre quello di colpire il bersaglio?..." lo interruppe. "Noo, mi riferisco, cioè… mi stai facendo perdere il filo, accidenti! Se sono emerso dalle tenebre grazie al tuo intervento è perché mi viene data la possibilità di riscattare la mia primitiva esistenza". "Riscattare… cosa…?" replicò; "Raddrizzare le storture, gli errori che per mio mezzo sono stati compiuti. Almeno per ciò che mi è possibile. Capito?". "Penso di sì. Dunque devo dedurre che chi ti ha usato non lo ha fatto sempre per scopi buoni! Ma, non sei un fucile da caccia? Lo hai detto tu!". "Certo questo è lo scopo per cui sono stato fabbricato ma poi tutto dipende dal soggetto che ti acquista e che ti utilizza". "Puoi anche uccidere una persona?" fece Tano, passando da un timore eccessivo ad una confidenza un tantino precoce. "Ehi, vacci piano ragazzino! Non stai correndo un po' troppo?! Certo quasi tutte le armi utilizzate per la caccia hanno la potenza sufficiente per uccidere chiunque, animali o persone che siano: per questo ti ripeto che tutto dipende da chi le utilizza. Ci sono armi

e fucili di tutti i gusti. Per esempio: fucili cosiddetti d'assalto, automatici e che sparano a raffica (come nei film di guerra), fucili a pompa (che usano nei film di gangster), il fucile detto L'Express con le canne rigate, usato per la caccia grossa, fucili di alta precisione con mirino telescopico che possono colpire un obiettivo a un chilometro e mezzo. Insomma più di quanto tu possa immaginare". Ma tu… come sei stato utilizzato?" continuò senza desistere. "Te l'ho già detto che stai correndo troppo…". La verità era che il Benelli, per il bene del ragazzo, esitava a spifferare ciò di cui era a conoscenza, cosa che lo avrebbe scosso profondamente: doveva dunque aspettare il momento opportuno. "Beh, io sono stato usato in maniera molto intensa: per la caccia al cinghiale, al cervo, alla volpe…". "E poi?" "E poi ho colpito segnali stradali, lattine di birra e di coca e una miriade di altre cose" disse, omettendo tutto il resto. "Tutto qui!?". "Beh non mi sembra pochino…". "C'è dell'altro ma non lo vuoi dire. È così, vero?" insistette Tano, cercando di braccarlo. "Quando arriverà il momento di sapere, saprai, razza di somarello impertinente". "Ah, grazie del somaro, ci mancava solo questa…". "Sai cos'è il senso dell'humor, ragazzo?". "Quello che so è che fino a pochi istanti fa avevo una fifa da matti ed ora sto dialogando fitto con un arnese che assomiglia ad un fucile e che comincia anche a piacermi". "Come? Assomiglio ad un fucile? Io sono un fucile: c'è una bella differenza"; "Si, ma anche con due cartucce in canna non potresti sparare a nessuno: sei parecchio menomato, praticamente un ferro vecchio". "Ah, è così allora. Io penso, invece, di trovarmi in buone condizioni nonostante i quattro anni di segregazione terracquea…". " Terra che…?" "I quattro anni che mi sono fatto sotto terra con l'umidità che a voi umani avrebbe spaccato le reni". "Dunque sono soltanto 4 anni che sei sepolto lì sotto!". "Eh gia! Raccontami piuttosto come hai fatto a notarmi e a tirarmi fuori". Tano spiegò sbrigativamente: "C'era uno spigolo del calcio che fuoriusciva dal terreno; era a malapena visibile..., ci sono inciampato e il resto lo conosci. Sette camicie di sudore per cacciarti da lì: devi essermi grato, non pensi?". "È vero, mi hai dato una nuova vita, una nuova opportunità... e anche tu mi sei piaciuto fin dall'inizio".

Il ragazzo rientrò in casa per il pranzo, sollecitato dalla tata. Per ora il Benelli l'aveva fatta franca, ma non s'illudeva: il ragazzo sarebbe, prima o poi, ritornato all'assalto. Mangiò di gusto per poi salire in camera sua. Aveva il morale alle stelle, era eccitatissimo...; beh, non capita a tutti di colloquiare con un fucile. Era solo un po' deluso perché aveva dribblato alcune sue domande. Ma per quello avrebbe rimediato. Dal portatile ricontrollò le caratteristiche balistiche e tecniche del due canne e scoprì altri particolari interessanti. Constatò che si trattava di un'arma semiautomatica, calibro 12, di fabbricazione italiana, ancora in commercio. Peraltro, non erano molti anni che quel tipo di "sovrapposto" era entrato sul mercato venatorio. Dunque aveva ragione a dire che si trovava lì sepolto da non più di 4 anni. Avrebbero anche potuto essere 3, viste le condizioni non completamente compromesse in cui versava (questo grazie anche al fatto che era stato imbustato). Ma perché qualcuno si era preso la briga di seppellirlo proprio sotto il prato di casa sua. Perché scegliere quel posto, con il pericolo di essere notati, quando la regione era piena di zone praticamente non frequentate o deserte, molto più adatte per compiere un'operazione del genere! Dai dati ricavati era, anche, agevole dedurre che, quando era stato "tumulato", era perfettamente funzionante. "Perché interrare un attrezzo di valore e che funziona a meraviglia?". Questo escludeva che chi lo aveva sotterrato l'avesse fatto per disfarsi di un ferro vecchio. Perchè non sotterrarlo, allora, più in profondità, evitando il rischio che gli elementi o qualche altra causa potessero portarlo in superficie, si chiese. La cosa che più lo incuriosiva era il luogo in cui era stato posto. Poteva in qualche modo esserci un legame tra quel semiautomatico e i suoi familiari, dal momento che le altre ville si trovavano a considerevole distanza dalla sua e, dunque, dal prato sottostante? Tant'è che i bambini che vi alloggiavano raramente venivano a giocarci. La risposta fu una lama gelata e tagliente che lo passò da parte a parte. Suo padre era stato assassinato con un fucile a due canne: così aveva sentenziato la sezione scientifica della polizia locale. Simile probabilmente al suo amico schioppo, pensò. Si stese sul letto sotto il peso assillante di quel pensiero che era affiorato alla sua mente, simile al rostro di un falco che voglia atterrare la sua preda.

Ma Tano non si fece atterrare e suppose che... forse la sua immaginazione stesse galoppando a briglie sciolte. Del resto avrebbe approfondito la questione con l'archibugio, anche se quel timore lo assediò per buona parte del pomeriggio.

Comunque, riassumendo: 1) l'arma era stata seppellita a pochi metri da casa sua e soltanto pochi anni or sono; 2) era in ottimo stato quando era stata sotterrata; 3) il suo numero di matricola era stato rimosso: tutto deponeva a conclusioni a dir poco funeste, pensò. Eh sì, quel gran furbone gli doveva sicuramente delle spiegazioni. Si appisolò per un po' e quando si svegliò sentì la madre che parcheggiava l'auto davanti all'altro garage che segnava il termine del passo carrabile. Guardò l'orologio a parete e si stupì che l'amato genitore rincasasse di nuovo così presto, poco dopo le quattro del pomeriggio. La madre entrò in camera e lo baciò teneramente; lui corrispose con affetto. "Come sta il mio dormiglione?", fece. Soprattutto per il caldo, il sonno aveva avuto la meglio. "Lo sai che di pomeriggio mi faccio sempre un pisolino"; "Ti rinfranca per affrontare con nuove forze tutti gli avversari che ti tocca combattere: malviventi, banditi, indiani... Cosa

credi, sono stata bambina anch'io e se è vero che passavo più tempo a giocare con le bambole con le mie amichette, è pur vero che a volte mi trasformavo in un maschiaccio e si andava a caccia di ladri, di predoni e di assassini. Hai detto bene tu, la fantasia dei bambini è smisurata. Ho lasciato prima il lavoro proprio per stare un po' con te. Mi do una sistemata, poi ci facciamo una lunga passeggiata e stasera: ta-ta-ra-taaa, ce ne andiamo al *"Canarino rosso"* a mangiare una napoletana coi fiocchi. Che ne dici, Tano?".
"Beh, diciamo che hai barato…, mi hai preso per la gola. Splendida idea mamma" disse abbracciandola con forza. Alla madre ora tributava anche l'affetto che aveva per il genitore scomparso, sua madre era tutta la sua vita e, anche se piccolo di età, non gli sfuggivano i sacrifici e le responsabilità di cui lei si era fatta carico da quando erano rimasti in due. "Perché non invitiamo anche Davide? Potremmo invitare anche i suoi. Che te ne pare?". "Ok, affare fatto. Vuol dire che faremo un'abbuffata in cinque", replicò. Davide era un suo compagno di classe, il più intimo come si usa dire. Dopo le recenti esperienze "fuciliere" aveva proprio bisogno di vedere qualcuno. Spesso durante l'anno scolastico condividevano gli studi e si invitavano a vicenda non solo per studiare, ma anche per giocare. Mentre la madre si aggiustava o, come diceva lei, si dava una sistematina, andò, non osservato, almeno così sperava, a dare un'occhiata allo schioppo malandato. Entrò nel cono d'ombra del grosso faggio e sbirciò all'interno, per assicurarsi che tutto fosse a posto. Non lo prese, né il calibro 12 fece cenno di parlare. Rientrò in casa, si diede una ripulita – sembri un cespuglio con le gambe, lo rimbrottò Carla – e andò in paese con la mamma, dove incontrò Davide con i suoi genitori. La serata trascorse lieta e Tano divorò una pizza da urlo. Non gli passò neanche per l'anticamera del cervello di rivelare cosa gli stava succedendo: lo avrebbero sicuramente deriso o, più probabilmente, preso per pazzo.

"Tu non hai colpe... tu non c'entri": con queste parole nella mente e nella bocca si svegliò il mattino successivo. Si stropicciò gli occhi per mettere bene a fuoco una frase che non abbisognava di occhi. Ora ricordava: quella frase l'aveva pronunciata il Benelli nel suo primo approccio in cui lui aveva messo il turbo e se l'era data a gambe levate per la fifa. "A quali benedette colpe si riferiva, non c'entravo in cosa!?". Quella mattina certamente avrebbe chiesto chiarimenti al suo amico inanimato, anzi, le avrebbe pretese. Dopo colazione, con le gambe che gli friggevano per la trepidazione, si diresse senza indugio verso la zona off limits. Si accorse a malapena che la tata l'aveva "inseguito" non per curiosità ma per riferirgli che quella mattina l'avrebbe dovuta trascorrere con degli amici alla piscina comunale. Era un regalo della mamma che la sera precedente aveva notato come il figliolo si fosse così rilassato alla sola presenza del suo amico preferito. Dunque aveva suggerito a Davide l'idea di programmare un' "uscita" in piscina. Tano fece buon viso a cattivo gioco ma quando Carla si girò per rientrare in cucina, diede per la frustrazione un calcio al vigoroso faggio, così forte che questo certo non ne risentì, ma a lui dolette il piede per tutto il giorno. Purtroppo l'ora era già tarda quindi non avrebbe avuto tempo sufficiente per tessere un dialogo chiarificatore con la doppietta parlante. Mezzo zoppicante si avviò verso il nuovo destino. Verso le tre del pomeriggio fece ritorno e, complice il gran caldo afoso, la stanchezza e il dolore al piede, si addormentò profondamente. Quando si svegliò avvertì la presenza della madre, anche questa volta rincasata un po' prima del solito. Mentre dava ordini a Carla, saliva nel suo mini studio, dove si trovavano copie di atti giudiziari, memorie difensive, appunti, carte legali varie. Andò a colpo sicuro su un fascicoletto, lo prese e scese le scale. Lui la chiamò, ma invano: era troppo immersa nella sua mansione. In effetti aveva degli atti urgenti da consegnare al Basile che si era presentato allo

studio col suo immancabile mini-compagno. Non avendo le carte con sé li aveva invitati a seguirli presso la sua
abitazione. Non li invitò ad entrare (mai nessun imputato da lei difeso aveva messo piede nella sua villa) sicché
rimasero ad aspettare sulla strada adiacente all'ingresso
pedonale. Intanto Tano, ancora assonnato, andò dietro la
madre quasi d'istinto. Lei aprì il cancelletto e i due, fino a
quel momento appoggiati ad un'Alfa Romeo decappotta-
bile stile anni '60, attraversando la strada, vennero verso
di lei per "acciuffare" il faldone che conteneva vari atti
relativi alla sua strategia difensiva. Anche il ragazzo ormai si trovava nelle vicinanze del cancello pedonale: non
di fronte, ma lateralmente, dietro l'inferriata. La voce di
uno dei due che parlava con il genitore l'aveva già sentita
ma non ricordava né quando, né dove. Quando ispezio-
nò attraverso la recinzione rimase a dir poco allibito; per
un momento credette di avere un'allucinazione, in fondo
portava ancora i postumi di un sonno profondo; dunque,
stropicciatosi gli occhi, ritornò a dare una sbirciatina. Rimase letteralmente impietrito: quella voce veniva niente-
dimeno che dallo "sconosciuto" che gli era piombato in
giardino due giorni prima con un "sovrapposto" come il
suo e che lui aveva affrontato con coraggio, uccidendolo
con una tremenda fucilata e schivando ad arte i suoi due
colpi. Ora stava lì, di fronte alla madre a colloquiare liberamente, probabilmente di un processo, riccio, di media
statura e con la cicatrice sotto il mento, più alto e robu-
sto dell'altro (in realtà non era un'impresa essere più alto
dell'omino). Era indiscutibilmente lui, sia nella voce che
nell'aspetto fisico. Credeva di averlo liquidato una volta
per sempre e invece… Non si sentì mancare ma si sentiva
comprensibilmente molto confuso. Da quando in qua un
personaggio percepito o creato dall'immaginazione cor-
risponde in tutto al suo omologo realmente esistente? È
possibile che l'avesse distrattamente già visto in qualche
circostanza, magari passeggiando in paese o in altra oc-

casione e poi l'avesse replicato nella sua fantasia. Però la voce... quella voce non l'aveva mai sentita prima se non nel suo giardino: di questo era sicurissimo. Si meravigliava, comunque, di come non si fosse fatto prendere dal panico. Beh, i motivi non mancavano: aveva appena visto l'"assassino di suo padre"; sua madre, da ciò che aveva intuito, era il suo avvocato difensore e in giardino c'era un fucile che parlava. Roba da far uscire di senno chiunque. Quando l'amabile genitrice congedò i due e chiuse il cancelletto, echeggiò nell'aria il rombo del "duetto". Vide il figlio abbarbicato all'inferriata con lo sguardo perso nel vuoto. "Ma stai qua! Non me n'ero accorta. Sai, ho dovuto consegnare del materiale che avevo dimenticato a casa a quei due... ed eccomi qua, anche oggi un po' prima del solito". Il fuciliere l'andò ad abbracciare, come di consueto, ma senza il calore abituale. "Ma... sei tu che difendi...?". "Quei due? Si, sono il loro avvocato, o meglio il suo avvocato. Se li hai visti dal recinto difendo quello riccio con la cicatrice sotto il mento. Ma non posso dire molto; come vedi anche nei film, noi avvocati, e non solo, siamo legati a quello che si chiama "segreto professionale". Avrebbe voluto replicare che aveva fatto già la sua conoscenza, ma poi lei avrebbe fatto mille domande. "Ma cosa ha combinato... cioè che crimine ha..." "commesso? Omicidio, è imputato di omicidio, ma non posso dirti altro per ora". Tano sbiancò ma la madre questa volta non se ne avvide. Che ne dici per stasera di panini farciti davanti ad un buon film?". "Bingo!!! Va bene ma'". In fondo bastava poco per tirargli su l'umore.

Ora, però, doveva assolutamente vedere il fucile un po' troppo reticente, ed indurlo a parlare. Corse alla volta del faggio e, assicurandosi di non esser visto, tirò fuori l'archibugio dall'antro e lo posò in piedi appoggiato al tronco dalla parte non visibile dalla balconata. "Mi devi delle risposte, lo sai, vero? Per questo sono venuto". "Si..." rispose Benelli. "Sei stato tu ad uccidere mio padre, è così...?". "Accidenti, vai subito al sodo!". "Si, ma rispondi...?". "Si e no. Io non posso uccidere e nemmeno sparare se non c'è qualcuno che mi aziona, capisci? Certo, sono stato lo strumento utilizzato per uccidere più personaggi, anche influenti, tra cui tuo padre. Era un uomo tenace e coraggioso. La scarica dei due proiettili lo colpì alla schiena e lui, incredibilmente, quasi si voltò per scorgere il volto degli assassini o dell'assassino. Ma stramazzò a terra: non si può sopravvivere a due fucilate di quella portata". Lacrime cominciarono ad inumidire il bel volto di Tano: nella sua mente cominciò a scorrere il nastro delle immagini più belle che avevano contraddistinto la loro esistenza. In quel frangente sentiva un bisogno smisurato di riabbracciare il proprio "granpapà". Anche lui si sedette, per un po', adagiandosi all'albero, in silenzio. Fu rotto da un: "Perché sei stato sepolto qui sotto? Non capisco! Andavi ancora alla grande, non è vero?". "Si, è così. Non sono stato interrato come rottame, ma il mandante dell'omicidio, come beffa, decise che lo strumento che aveva causato tanto dolore alla famiglia Bruni dovesse trovarsi il più vicino possibile alla stessa: un po' come avere una reliquia vicino casa, sotto i piedi, che ha decretato la morte dell'amato congiunto". "Sei stato usato per altri omicidi, vero?". "Si purtroppo, ma di questi non posso parlare". Il ragazzo accettò la reticenza del fucile. Per ora non aveva intenzione di chiedergli il nome dell'assassino del padre e del relativo mandante (conosceva questo termine sempre grazie alla frequentazione di film gialli o polizieschi). Sapeva, ora, però che il killer non aveva agito per conto proprio. Di questo molto probabilmente ne avrebbe parlato alla madre, non menzionando la fonte dell'informazione per non essere preso per matto. Rimaneva in lui quell'inquietudine derivante dal mistero di come un personaggio immaginario potesse trasporsi in una persona reale, perché adesso era convinto che il Basile, lui non l'aveva mai incontrato. Come se un processo osmotico tra le due dimensioni, quella legata alla realtà abbia di prepotenza, misteriosamente, invaso quella legata all'immaginario. A volte il mistero va accettato sic et simpliciter, perché se cerchi di inoltrarti in un pelago oscuro come questo, rischi di rimanere aggrovigliato da dubbi, paure, incertezze, che come liane minacciose ti avvincono senza che tu te ne avveda, quanto più cerchi di districarti. Il piccolo Bruni rimise, salutando e ringraziando, il Benelli al suo posto come se quella fosse l'azione più naturale del mondo. "Tanooo, è pronto" gridò la mamma per farsi sentire. Ed era veramente pronto. Lei insieme alla tata avevano prodotto dei piccoli capolavori: panini coi funghi porcini, panini con rughetta, wurstel e pecorino, panini con peperoni grigliati e arista sott'olio. Autentiche leccornie che, con quegli ingredienti e quei condimenti, davano ai panini una dignità tale da poter competere con secondi piatti prelibati. Mangiò di gusto e fece incetta di quelle ghiottonerie. Con la TV già accesa Tano esordì: "Mamma come si chiama quel tizio che stava sotto casa ed è imputato di omicidio?". "Ma come ti vengono queste domande di sabato sera, dopo aver cenato e in attesa di vedere un bel film. Su, rilassati, non pensarci. Che importanza può avere per te!?". Incalzò: "Sai se è stato già accusato di altri delitti...?". "È così importante per te?". "Volevo soltanto sapere se era un pro..." "Pregiudicato vuoi dire?". "Esatto, proprio così". "No, non mi risulta se è questo che vuoi sapere". Il film era iniziato ma era difficile che Tano avesse lasciato in pace la madre, quella sera. "Posso sapere il nome, per favore. Che ti costa!?". "Il nome di chi, Tano?". "Di quel tizio con l'Alfa a cui oggi hai consegnato delle carte per il processo". "Italo Basile, contento? E adesso che te l'ho detto che fai? Non puoi neanche giocartelo al Lotto perché non è un numero! Contento!?" disse inalberata. In effetti molto raramente si arrabbiava col figlio, ma era stata una settimana pesante, come sempre, e quella sera avrebbe voluto rilassarsi e vedere un film accanto al figlio. Ma non era serata di film, quella: anche lei l'aveva compreso. Bruni junior allora prese il telecomando e spense il televisore per attirare la sua attenzione; sparò a bruciapelo affermando con un'enfasi pari a quella di un testimone in giudizio che giura sulla Sacra Bibbia: "Mamma, papà è stato ucciso con un fucile a canne sovrapposte e chi ha premuto il grilletto, molto probabilmente, è Italo Basile. Non...". Marta l'aveva interrotto, ma era rimasta stupita più dal corpo del reato che dal presunto assassino. "Come fai a sapere che era un sovrapposto, anche le cronache locali parlarono genericamente soltanto di una doppietta. Mi stupisci, davvero. Nella "scientifica" qualcuno ipotizzò che fosse stata usata un'arma con quelle caratteristiche, ma poi, però, nessuno seguì quella pista e l'ipotesi avanzata fu archiviata perché non sorretta da prove certe" disse, sforzandosi di usare un linguaggio il più possibile accessibile al figlio. Era abituata, per la professione che esercitava, ad utilizzare a volte un linguaggio aulico, a parlare in giuridichese, con termini tecnici che a volte le sfuggivano anche quando comunicava col ragazzo. "Chi ti ha detto questo, da chi hai avuto la notizia che...". Tano, preso dall'imbarazzo, cercò d'inventare qualcosa lì per lì: "Stavo facendo una piccola ricerca in Internet, anche sui quotidiani locali e, praticamente per caso, ho notato questo dettaglio. L'avrei dovuto stampare e, invece, per cercare di approfondire..., mi sono perso nel labirinto della rete e, anche facendo marcia indietro, non sono più riuscito a trovare quella pagina web: non mi sono neanche segnato il percorso che avevo fatto. Se vuoi possiamo riprovarci domani...". "Certo che è strano che questo particolare sia stato immesso sulla rete. Penso che lunedì in ufficio farò una piccola indagine o chiederò a qualche collega". Sulla schiena di Tano passò un brivido, ma non era certo il freddo, con quella serena e calda serata estiva. Andarono in giardino, dal momento che la

visione del film era andata in fumo, e si adagiarono como-
damente sul dondolo, in verità non molto utilizzato negli
ultimi tempi.

Al mattino seguente, di domenica, Tano si risvegliò con lo
stesso pensiero martellante nella mente che sicuramente
un sogno aveva in qualche modo attivato: "Non hai colpe..., tu non c'entri": un refrain già ascoltato in preceden-
za. Durante la colazione un flash attivò la funzione me-
moria che era rimasta finora in stand-by: uno dei primi
esordi vocali del Benelli che esonerava lui e se stesso da
ogni responsabilità e su cui aveva dimenticato d'interro-
garlo l'ultima volta. Che questi non avesse colpe di nessun genere era facile da intuire, dato che rappresentava
solo uno strumento e non la causa di un danno eventuale
recato a chicchessia. Ma lui, che parte aveva in tutto questo?! A quanto pareva aveva già trovato un'occupazione
per la prima (si fa per dire, si era svegliato alle 10) mattinata. Dopo colazione, più o meno furtivamente, spiegò
le vele, come un marinaio ormai esperto, verso il faggio
rifugio del Benelli. "Tu non c'entri, non hai nessuna colpa. Perché hai detto questo rivolgendoti a me? Per quale
motivo hai detto questo?!". "Quando quella mattina lui
si alzò per andare al lavoro tu eri già sveglio. Lui ti rim-
proverò perché la sera precedente eri stato pigro e non
avevi preparato lo zaino. Tu te la prendesti un po' troppo
e dentro ti venne di pensare che non avresti voluto veder-
lo per quel giorno: cosa che poi accadde. Quando al pomeriggio vennero i funzionari della Polizia ad informare
tua madre (ma anche te che eri in casa) dell'uccisione del
marito, ti crollò il mondo addosso non solo per la terribile
notizia ma anche perché pensavi che il tuo "augurio" av-
veratosi avesse influito in qualche modo sulla sorte di tuo
padre". "Il piccolo Bruni iniziò un pianto lungo e dirotto,
nascosto dall'imponenza dell'albero che quasi si ergeva a
giudice clemente pronto ad assolverlo da una colpa che

non aveva mai commesso. Sta di fatto che il Benelli ancora una volta aveva *"fatto centro"*. In effetti quel pianto dirotto ebbe proprio un effetto liberatorio; quel senso di colpa che lo teneva attanagliato ad una responsabilità che lo vedeva coinvolto nella morte del padre si dissolse come fumo al vento. Guardò verso il suo amico chiedendogli: "Ma come fai a sapere queste cose...?". L'altro in modo lapidario rispose: "So quello che mi è dato di sapere. Non posso aggiungere altro". Il ragazzo pensò che per quella mattina si era aggiornato a sufficienza, per cui, sistemato l'archibugio nella sua tana, entrò in casa a leggere la prima cosa che gli capitò tra le mani. La madre indaffarata in casa faceva da spola tra lo stanzino, dove erano accumulate pile di carte legali, e la cucina aiutando Carla ai fornelli. Non aveva dimenticato quello che gli aveva riferito il figlio la sera prima. Era ancora molto meravigliata di come il figlio in modo così naturale e quasi... solenne, avesse fatto quella dichiarazione, di cui la prima parte che riguardava il fucile era plausibile, anche se non certa. Si meravigliò, anche, di come avesse trovato quell'indizio in rete quando nessun funzionario preposto alle indagini avesse mai fatto trapelare nulla al proposito. D'altronde non aveva motivo di dubitare della fonte da cui Tano aveva attinto quel dato così particolare, non essendo esperto di fucili (probabilmente era la prima volta che sentiva parlare di fucile sovrapposto). Riguardo al Basile, come possibile assassino del coniuge, beh era ridicolo solo il pensarlo e poi, prima di assumere la sua difesa, aveva fatto come sempre i suoi accertamenti. Era certa che si trattasse di fantasie di bambini a quell'età facilmente suggestionabili. "Però", pensò, "se non ha mentito sul fucile, perché avrebbe mentito sul Basile?!" e rabbrividì all'idea. Archiviò per il momento quel pensiero e continuò la sua pratica culinaria.

Il mattino successivo, finito il giorno festivo, Tano fu svegliato dal campanello. La sera prima la premurosa genitrice aveva telefonicamente invitato Giorgio, di cui conosceva molto bene i genitori, un suo compagno di scuola, anche se frequentava una classe diversa, a passare l'intera giornata in compagnia del suo amico. Il campanello gli ricordò l'appuntamento che la madre quasi gli aveva imposto la sera prima mentre lui recalcitrava a più non posso. In effetti per tutto il giorno non avrebbe potuto tessere alcun dialogo col suo amico inanimato o, forse..., col favore delle tenebre, alla sera, dopo che l'amico se ne fosse andato. Giorgio si presentò con un pallone di cuoio e con relative scarpette da calcio a tracolla. Non giocarono solo a pallone ma, qualsiasi gioco facessero, Tano sbuffava più dentro che fuori (era peraltro abituato ad una formale educazione) ansioso di parlare col Benelli. Quando sul pomeriggio inoltrato i suoi vennero a "prelevarlo" ed entrarono in casa sollecitati da sua madre, al piccolo Bruni per poco non pigliava un colpo per timore che li invitasse a cena. Timore presto sfumato quando dopo un veloce drink li vide congedarsi cordialmente ringraziando per la bella giornata offerta al figliolo. Dopo una cena frugale, la fretta è fretta dopotutto, Tano sgattaiolò con la complicità del buio verso il signor faggio che baciato dalla luna dava quella sera il meglio di sé quanto a imponenza. Si mise lo schioppo vicino come al solito e... sparò (ma... non erano i fucili a sparare?!): "Il tuo proprietario è un certo Italo Basile!!?" disse affermando più che chiedendo; "È lui che ha sparato uccidendo mio padre...!?". "Come fai a saperlo? mi stupisci! Si, è lui l'assassino. Accanto aveva un complice che però non ha fatto fuoco: solo un sorriso malevolo. Ma come fai a saperlo? Sei un abile investigatore, sai". "Non te lo posso dire. Mica soltanto tu hai dei segreti!". "Basile è autore di altri terribili delitti" fece ancora il semiautomatico. Tano: "Puoi aiutarmi a... come dicono nei film?", "Incastrarlo?!", "Si, incastrarlo, non mi veniva fuori la parola". "Potrei, ma non è il caso. La soluzione è a portata di mano. Se non lo fosse ti aiuterei". "Ma non ho la più pallida idea di come fare… Non sono mica un vero investigatore. Questa è una faccenda seria, mica un gioco!". Ma il Benelli fu irremovibile. Il giorno successivo riandò all'assalto con la stessa domanda ottenendo la stessa risposta. Si rassegnò: doveva cavarsela da solo. Ma come, da dove partire e a chi chiedere senza svelare l'esistenza del due canne, si domandava. In fondo aveva solo 10 anni. Intanto la madre anche con l'aiuto di un funzionario di polizia fece ulteriori indagini sulle attività del Basile, peraltro suo assistito, ma non ne emerse nulla di significativo, a parte ciò di cui era già a conoscenza: un caso di rapina presso una banca del capoluogo in cui una testimone l'aveva riconosciuto come componente della gang che aveva svaligiato l'istituto di credito. La testimone, pochi giorni dopo, ritrattò la sua deposizione. Delegò anche un esperto informatico di fare accertamenti su Internet sull'esistenza del dato tecnico rivelatole dal figlio, ma venne a sapere che era praticamente impossibile che il ragazzo si fosse procurato quell'informazione navigando in rete: dunque nessun riferimento al "sovrapposto" legato alla morte del marito era parcheggiato nei meandri infiniti del web. "Allora Tano da dove aveva attinto quella notizia!?", pensò. "Non poteva aver inventato, e forse anche azzeccato, un dettaglio così tecnico. Che ne sapeva lui di fucili? Non era mai stato attirato dalle armi e né i documentari che preferiva né le riviste che comprava trattavano mai di armi. E allora?".

Il mercoledì a cena la madre gli tese un'imboscata: "Ho affidato ad un mio amico informatico l'incarico di controllare sulla rete se trovava qualche riferimento al tipo di arma che…" disse. "Ne ha trovato uno soltanto e si parla di doppietta, non si fa nessun cenno al "sovrapposto". Forse tu sei incappato nello stesso sito ed hai dedotto che fosse… Questo tizio è un professionista nel campo dell'informatica e se quel riferimento non l'ha trovato lui…"

come puoi averlo trovato tu? avrebbe voluto continuare; ma non ce n'era bisogno. Tano cominciò a balbettare vistosamente ma riuscì a tirar fuori un coniglio dal cilindro: "Bbbeh, la fortuna del principiante, noo!". Marta accusò in parte il colpo ma tornò subito all'attacco: "Non mi hai mentito, vero?", guardandolo negli occhi. Tano cedette e mentì solo in parte: "Un sogno, si tratta di un sogno che ho fatto circa una settimana fa: vidi due individui con disegnato un sorriso cattivo sul volto che sparavano a papà, o meglio, uno guardava e l'altro, in tutto identico al Basile, perfino nella voce, sparava con un fucile da caccia con le canne una sopra l'altra. Al risveglio ho pensato che si trattava solo di un sogno: poi ho cominciato a pensare che prima del sogno non avevo mai visto un'arma così fatta, poi la scena del…" "delitto" aggiunse la madre, "del delitto… era maledettamente vera, reale… non so come spiegare. Quando ti ho seguito l'altro giorno al cancelletto perché dovevi consegnare delle carte a quelli del "duetto", la prima cosa che ho riconosciuto è stata la voce; poi ho osservato il tizio più alto e per poco non mi prendeva un colpo. Era lo stesso individuo del sogno: capelli ricci e castani, la cicatrice sotto il mento, la statura ma soprattutto uno sguardo che non dimenticherò mai più…". "Hai detto che il Basile disse qualcosa. Ricordi cosa?". Tano abbassò gli occhi e ne uscì qualche lacrima. La mamma non insistette ma dolcemente: "Perché non me ne hai mai parlato?". "Credevo che mi prendessi per pazzo o, in ogni caso, avresti trovato ridicolo tutto questo. So che esistono i sogni premonitori che poi si avverano; il mio non è premonitore a meno che non avesse avuto qualche annetto di ritardo" fece, facendo sorridere la madre. Lei lo abbracciò così forte da togliergli il respiro. "Quasi, quasi ti credo… ma su Italo Basile, di cui ora rappresento la difesa nel processo in cui è imputato… sai cosa significa, vero?!" lui scosse il capo, "lo sai che è accusato di omicidio, no?! Ho fatto delle ricerche e i risultati sono abbastanza modesti:

sospettato di rapina a mano armata con testimone che poi ritratta tutto". Gli promise che il giorno seguente avrebbe fatto un altro tentativo.

Due giorni più tardi, dopo altri contatti avuti col Benelli beccandosi inesorabilmente per quattro volte un "Te la devi cavare da solo" e, quindi, un po' scoraggiato, Tano stava bivaccando sul divano sgranocchiando qualcosa di molto buono, a giudicare dall'espressione, col televisore acceso che stava trasmettendo l'immancabile film poliziesco (di matrice statunitense). "...dai datti da fare, tuonò il tenente ad un suo sottoposto in borghese. Con una qualsiasi scusa fagli stringere un bicchiere; poi la scientifica lo analizzerà e preleverà le impronte digitali e le confronteremo con quelle della rivoltella...". Sul momento non ci fece caso, come in quei cartoni animati in cui un personaggio si accorge di essere sospeso nel vuoto solo dopo aver lasciato la terraferma di qualche passo. Lui gustandosi una deliziosa merendina alla crema non reagì alla sequenza di immagini che gli passavano davanti agli occhi; forse gli sembravano tutte uguali, fatto sta che rimase inerte... Ad un certo punto, forse un'immagine o una frase furono captate dai suoi timpani, che portarono l'informazione al cervello che... rispose. Si accese una luce viva e chiarificatrice che gli illuminò il volto di un'insopprimibile quanto intima soddisfazione: per poco lievitava come i grandi asceti del passato. "Ma certo" pensò, "le impronte digitali! Come non ci avevo pensato prima!? Avrà lasciato le sue impronte sul fucile... Ma tutto questo tempo, sottoterra...!". Si rabbuiò per un attimo, poi decretò: "Devo interrogare il Benelli. Questa volta non mi può dire di no. Meglio di lui, chi lo sa?!". Non finì nemmeno la merenda, si alzò e si diresse a barra dritta verso la tana all'interno del tronco. "Allora, come la mettiamo. Mi sono dovuto sorbire una caterva di no, ora voglio vedere..." disse perentorio. "Mi hai detto che la soluzione era alla mia portata; col cavolo! Se non era per un film voglio vedere come ci arrivavo. Le impronte, no?! Voglio dire le impronte digitali, è questa la soluzione…". Il Benelli, che fino a quel momento era stato ad ascoltare, confermò: "Si, su di me il Basile ha lasciato le sue impronte prima di sotterrarmi e il tempo e le intemperie non le hanno cancellate. Ricordi? Ero avvolto nel cellofan. La sezione "scientifica" saprà fare il suo lavoro". "Ho letto da qualche parte che si possono cancellare: perché non l'hanno fatto?". "Probabilmente per l'eccessiva sicurezza, per la presunzione indotta dal pensiero che sempre e comunque l'avrebbero fatta franca; certo sono stati incauti e adesso pagheranno per la loro imprudenza ma, soprattutto, per i loro delitti". "Perché parli al plurale?". "Giusta considerazione. Il Basile spesso agiva con un complice, stavano quasi sempre insieme, come il gatto e la volpe…" "Che ne sai tu del gatto e la volpe?". Mastro fucile sorvolò continuando il suo ragionamento. "Quindi una volta inchiodato il primo, le forze dell'ordine potranno facilmente risalire al secondo." Ci fu una pausa tra i due; sapevano che prima o poi si sarebbero lasciati. Il Benelli ruppe il silenzio: "È tempo di congedarsi…", "congee chee…?" rispose il fanciullo, "Si, di lasciarsi, di salutarsi… Per poco dimentico che hai solo 10 anni. È così, rientrerò nel mio naturale mutismo. Ora non ti servo più, neanche come giocattolo. Sai bene ciò che devi fare". Aggiunse: "Ne è valsa la pena". "Di cosa?". "Di essere uscito da quell'ammasso di terra e di fango. Ti devo ringraziare per avermi concesso una seconda opportunità che, grazie a te, non ho sprecato." Tano sapeva bene che non si sarebbero visti mai più una volta che la polizia fosse entrata in possesso dell'arma e questo lo rattristava molto. Il poter ricorrere al due canne in ogni momento, il poter parlare con lui liberamente (nonostante le sue reticenze, sempre giustificate, però), il poter attingere a notizie di enorme importanza su questioni che toccavano direttamente la sua famiglia e portare, oramai, al futuro probabile arresto del responsabile dell'omicidio del caro genitore, per lui era confortante, consolante. Per un po' gli sarebbe mancato, di questo era consapevole; e poi come giocattolo non era male, forse pesantuccio... Si salutarono con un laconico addio. A Tano luccicavano gli occhi.

Quando nel tardo pomeriggio Marta mise piede in casa, non fece neanche a tempo a cambiarsi d'abito che il figlio le mostrò il cimelio con cui, probabilmente, era stato ucciso il marito. Marta rimase impietrita, senza parole, e cominciò a farfugliare qualcosa per poi riprendersi: "Dove l'hai preso, chi te l'ha dato...?". "Vieni ti faccio vedere dove l'ho trovato" e la condusse per mano nel luogo in cui aveva estratto il fucile e che aveva ricomposto alla bene e meglio. "L'ho trovato qua sotto, ma': ne spuntava fuori un angolo del calcio su cui sono inciampato e il resto... è facile da immaginare. L'ho tenuto nascosto dentro quell'albero cavo".

"Calcio! Come fai a conoscere questo termine riferito ad un'arma da fuoco?". "Come vedi, non sei l'unica, anch'io ho le mie fonti". La madre tornò a sorridere. "Con questo possiamo mandare in galera il Basile, finalmente. Quell'animale deve pagare per ciò che ha fatto". "Tano, ma come ti esprimi! Fino a prova contraria è innocente, non risulta niente dal casellario giudiziario a suo carico!". "Casello chee...", "dalla lista dei cattivi che si trova in ogni tribunale. Non può essere un sogno a mandare in prigione qualcuno, anche se il tuo sogno sembra reale. Perché pensi che questo aggeggio, ormai in parte arrugginito, abbia ucciso qualcuno?". "Guarda... vedi...", la madre si abbassò, "il numero di matricola è stato raschiato e, in più, è stato sotterrato quando ancora era in ottimo stato di forma. Con qualche piccola modifica lo stesso modello è ancora in commercio. Se non è del tutto rovinato è perché non sta lì sotto da molto e perché è stato messo in una busta di plastica prima della sepoltura". "Mi meravigli Tano, sei proprio un piccolo investigatore; sei un ragazzo sveglio, accidenti. Non fraintendermi non posso darti ragione su tutto senza prima fare degli accertamenti". "Su questo hai ragione, ci vogliono degli accertamenti ed io ho in mente un piano" disse come un ometto e, dopo aver riposto il Benelli, riprese per mano la mamma per condurla in casa. "Adesso vai a cambiarti; a cena ne riparliamo" disse alla madre. A lei non dispiaceva che, per quella sera, il gioco l'avrebbe condotto lui.

Era molto colpita dalla determinazione del suo ragazzo e intuiva vagamente che la fonte da cui scaturiva tanta certezza non potesse avere solo una dimensione onirica. Ci doveva essere dell'altro che a lei sfuggiva ma che forse Tano non avrebbe mai rivelato a nessuno. A cena, dopo qualche forchettata di spaghetti alle vongole, la madre ancora non aveva ripreso il discorso lasciato in sospeso; c'era tempo. Fece il gesto più naturale che una persona in un frangente simile farebbe: prese una bottiglia d'acqua, la versò in un bicchiere e trangugiò il contenuto. Tano aspettava proprio quel momento per pronunziare: "È così che lo acchiapperemo". "Così come? E chi?" anche se sul chi non aveva molti dubbi. "Chiii!!! Il Basile, ovviamente!" e continuò: "Quando verrà nel tuo studio gli offrirai una bibita, lui dovrà afferrarla e ci lascerà sopra le sue impronte digitali. Prenderai la bottiglietta o il bicchiere che conteneva la bibita e lo porterai alla "scientifica". Lì faranno le analisi e prenderanno le impronte. Ovviamente ci porteremo anche il fucile, – tu lì hai qualche amico, mi pare – e lo faremo esaminare. Se le impronte sono le stesse della bottiglietta… bingooo!" urlò felice. La madre, attonita, guardò orgogliosa il figlio come fosse la prima volta. Era un bambino di soli 10 anni certamente più maturo di quelli della sua età per l'evento luttuoso occorso qualche anno prima, ma ciò che la stava stupendo era la sua determinazione, la sua caparbietà e un acume non comuni in un'età tipicamente fanciullesca. Riuscì a malapena a dire: "Ma... dopo tutti questi anni.... le impronte sul fucile non si saranno cancellate!? È stato là sotto per quanti anni...", "quattro o cinque al massimo", "dunque com'è possibile fare un confronto con le impronte della bibita?! E poi, lo sai che non permetto ai miei clienti di entrare in casa!". "Mi sono informato sulla rete e ti assicuro che le impronte digitali possono rimanere su un oggetto anche per 40 anni e speriamo che la plastica che l'avvolgeva l'abbia davvero protetto. Se quel criminale non l'ha ripulito prima di sotterrarlo, lo inchioderemo. E per i tuoi clienti, come li chiami, potrai per una volta fare un'eccezione!". Il discorso appena fatto l'aveva convinta: "Tentare non nuoce" fece Marta, stupita anche di sé stessa. "Ma perché seppellirlo qui vicino? Praticamente sotto casa!". "E non era sotterrato in profondità. Forse voleva che fosse ritrovato. Come una sfida lanciata ai superstiti per avvisarli: prendete pure le impronte tanto a me non arriverete mai", il ragazzo non finiva di stupirla.

Il mattino successivo Tano si recò dal suo amico schioppo per parlargli e comunicargli la buona novella, che aveva convinto il genitore ad assecondare il suo piano e, questo, grazie ai suoi suggerimenti; ma lo trovò muto: non salutò, non rispose alle sue domande come se avesse perso il dono della parola. Era davvero muto; Bruni junior lo imbracciò per vedere se accadeva qualcosa: ma, niente di niente; era diventato un fucile... normale. E così il giorno seguente e quello seguente ancora. Ci mise qualche giorno a capire ma poi intuì: il Benelli o due canne, o sovrapposto, o doppietta o come dir si voglia aveva compiuto la sua missione. Non avrebbe mai dimenticato quanto aveva fatto per lui non solo per incastrare i malviventi che si erano macchiati di crimini efferati, ma specialmente per la premura che si era preso nel fargli comprendere certe dinamiche cui la coscienza e l'animo umano sono soggetti e che, a volte, erroneamente ci portano in secche dalle quali, poi, è difficile disincagliarsi. Ma ci voleva un ammasso di legno lavorato e ferro semi arrugginito per capirlo. "Mah, la vita è proprio strana a volte", pensò.

Quando i poliziotti in uniforme vennero a prelevarlo qualche giorno dopo, Tano fece appena a tempo a salutarlo per l'ultima volta senza ottenere risposta. Sapeva, però, che l'amico l'aveva sentito.

Le impronte sul fucile c'erano, eccome: incastrarono il Basile, il suo complice nel delitto del commissario Bruni e altri malviventi complici di vari atti criminosi. Quando quasi due anni dopo il giudice del Tribunale accolse tutte le richieste del PM e l'imputato Italo Basile si beccò l'ergastolo per tutte le sue malefatte, Tano si godeva l'ultimo scampolo di sonno e… di sogno di quella giornata estiva. Erano le 10 passate e si sentì chiamare dalla madre: "Tano vieni giù in giardino, sbrigati". Si affacciò alla finestra e vide la mamma col badile in mano fare una buca nel terreno. "Dai pigrone, dal terreno esce fuori un pezzo di legno sagomato. Dev'esserci qualcosa qui sotto…"

Commento a "Il bambino e il fucile"

Avrebbe potuto intitolarsi *il riscatto del fucile* dal momento che l'archibugio chiede al bambino una seconda possibilità di riscattare crimini che, suo malgrado, erano stati commessi.

Il ragazzo estrae il fucile dal suolo. E' la possibilità per quest'ultimo, cioè per ciascuno di noi, di riscattare se stesso, possibilità di redenzione. Infatti il fucile dirà: "… perché mi viene data la possibilità di riscattare la mia primitiva esistenza…". Tirare fuori la verità a volte richiede forza e determinazione ma, soprattutto, amore per la verità stessa.

Il fucile, finalmente, esce…(verità?!) fuori e Tano deve riconoscere se è un'arma autentica oppure un giocattolo. Occorre individuare se la nostra vita è improntata a criteri di verità e autenticità o se è una parodia del vero, una finzione: quindi sfuggire alla tentazione di trattarla come un giocattolo.

Tano col martello e il cacciavite in mano: il ragazzo comincia ad esser pronto ad accettare le sfide della vita.

Lo "scontro" tra il terreno e il bambino per contendersi il "trofeo" rimanda alla lotta primordiale dell'uomo con la natura per procacciarsi tutto ciò utile per la sopravvivenza. Solo con la determinazione e una vivace curiosità il fanciullo riesce ad ottenere il premio.

Quando il manto della verità ci riveste, anche noi ci elettrizziamo, ci eccitiamo e siamo tentati, come Tano, di improvvisare una danza primordiale.

Il faggio, imponente e silente testimone delle vicissitudini umane, rimanda alla figura del padre, venuto a mancare prematuramente. Il suo entrare e uscire dalla cavità oscura del tronco simboleggia la capacità dell'uomo di addentrarsi nel mistero, soprattutto del mistero della morte che aveva rapito l'amato genitore. L'imponenza del sempreverde simboleggia la sicurezza che promanava dal rapporto tra padre e figlio.

A volte il destino ci viene imposto e la nostra libertà di scelta viene imbrigliata su un sentiero già tracciato, come avviene per Tano quando si trova quel losco figuro in mezzo ai personaggi creati dalla sua limpida e fervida fantasia.

Le parole fanno più male delle pallottole: questa è una verità che sta sotto gli occhi di tutti ma, pronunciata poi da un …fucile!

La paura iniziale, nel racconto più che giustificata, di un fucile che parla rimanda alle paure ancestrali di ciò che si ignora, di ciò che non si conosce o non si vuole conoscere.

A volte, come per il ragazzo, il senso di colpa ci paralizza e serve un evento liberatorio per ritrovare la pace con se stessi. Fucile docet…

La dimensione onirica del racconto si confonde con la dimensione reale, così che l'una non può sussistere senza l'altra.

ROBIN CROSS

Indice

Il bambino e il fucile   5
Commento a "Il bambino e il fucile"   49

www.ingramcontent.com/pod-product-compliance
Lightning Source LLC
Chambersburg PA
CBHW021940170626
46807CB00007B/3198